AF382708

A Olivia et Élodie !

Un cookie pour Noël

Histoire de Benjamin Belando

FSC
www.fsc.org
MIXTE
Papier issu
de sources
responsables
Paper from
responsible sources
FSC® C105338

La règle

L'odeur du pain d'épice et du chocolat chaud envahit vos narines, tandis que vous admirez le sapin que vous avez pris soin de décorer, pour que le père Noël puisse y déposer les plus beaux cadeaux de votre liste. Vous vous sentez apaisé, mais un léger sentiment de manquement persiste, comme si la perfection n'était pas tout à fait atteinte. Vous vous dites : ce n'est pas possible, tout est prêt pour que Noël soit célébré en grande pompe ! Pourtant, une petite chose semble encore manquer, vous ne trouvez pas ?

Je vais vous le dire, ou plutôt, je vais vous conter une histoire pas comme les autres. Une histoire qui pourrait vous sembler étrange, mais n'oubliez pas qu'à Noël, tout peut arriver.

Avant de commencer, cependant, une règle doit être respectée : aucun personnage de cette histoire n'a le droit de prononcer d'injures ou de grossièretés, sous peine de voir une partie de ses répliques coupée lors de la relecture.

À peine ai-je énoncé cette règle que l'on sonne à ma porte. Je me lève de mon grand fauteuil en cuir marron. Je tourne la poignée, et un homme imposant, avec une demi-queue de cheval, pousse la porte et entre sans attendre mon invitation. Essoufflé, il porte un long manteau qui descend jusqu'à ses mollets, une grosse barbe noire comme la nuit, et des lunettes de soleil.

— Tu sais bien que c'est une règle impossible à respecter, me dit-il.

— Désolé Max, mais tu vas devoir t'y faire. Sinon, c'est simple : je supprime ton personnage.

— Quoi ? Mais tu es fou ! Tu te rends compte de tout ce que j'ai fait pour ce rôle ? Des mois de musculation, de protéines en poudre, tout ça pour obtenir le physique que tu vois là.

En effet, Max est aussi musclé que l'acteur de la série Jack Reacher. Vous voyez l'idée ? Sinon, je vous laisse chercher…

— Navré, mais ça fait partie du contrat si on veut publier cette histoire. C'est une histoire sur Noël, pas une histoire d'horreur !

— Tout ça pour pouvoir parler de…

Max n'a pas le temps de finir sa phrase qu'un golden retriever bondit sur lui et pose une patte sur sa bouche, le faisant basculer au sol.

— Tu es le narrateur, tu pourrais le contrôler un peu, me dit le chien.

— Désolé, Ralf, mais tu connais Max, il va toujours trop vite pour moi.

— Ouais, et tu sors toujours les mêmes excuses.

Oui, vous ne rêvez pas, c'est bien un chien qui parle.

— Moi, je respecterai la règle, narrateur ! ajoute Ralf en retirant sa patte de la bouche de Max.

— Moi, j'en suis moins sûr, répond Max.

— Je n'hésiterai pas à te couper des répliques. Parler, c'est l'essence même d'un personnage, tu sais.

— Ah la la, qu'est-ce qu'il faut pas entendre…

Max se relève et caresse la tête de son chien…

— Bon, tu lances l'histoire ! On est ici pour bosser, pas pour…

Il fronce les sourcils, cherchant une formulation polie pour éviter que je lui coupe des répliques.

— On n'est pas là pour se tourner les pouces, mais pour travailler. Ça te va ?

— Oui, c'est bien, Max.

— Reste à voir combien de temps il va tenir, lance Ralf avec un petit sourire.

— Bien, messieurs, c'est parti.

Ils se dirigent tous les deux vers la porte.

— Ah, une dernière chose !

Ils se retournent tous les deux vers moi.

— Pas de spoilers non plus avant d'arriver au chapitre concerné.

— Aucun risque, je suis un expert dans ce domaine ! dit Max en remettant ses lunettes de soleil avant de sortir.

Ralf secoue la tête en me regardant. Je retourne à mon fauteuil et ouvre une boîte posée à côté, avec l'inscription « Back… ». Eh oui, même moi, je n'ai pas droit aux spoilers.

Dans un pays lointain... euh non un pays dans le NORD

Dans un coin reculé de Finlande, une tempête fait rage. Max conduit un Hagglunds de dernière génération, camouflage blanc, ses lunettes de soleil toujours vissées sur le nez malgré la tempête. À ses côtés, Ralf est assis sur le siège passager, tandis que « Get It On » de T. Rex résonne à plein volume dans l'habitacle. Max s'arrête devant une immense ferme, sort du véhicule et s'enfonce dans la poudreuse avec ses bottes aux couleurs de Noël, rouge et verte. Ralf le rejoint rapidement, tandis que Max se met à danser jusqu'à la porte de la ferme. Il s'apprête à frapper, mais une femme, essoufflée et visiblement inquiète, ouvre avant qu'il n'ait le temps de le faire.

— Salma ? Mais qu'est-ce que tu fais là ? demande Max.

— Pas le temps de discuter, entrez, vite ! répond-elle d'un ton décidé.

Ralf entre en premier, suivi de Max qui continue de danser. La musique se coupe brusquement lorsque Salma referme la porte derrière eux.

— Eh, pourquoi cette précipitation ? demande Max.

— Parce qu'on n'a pas de temps à perdre, Max, répond-elle.

— T'es sûre ?

Elle le fixe, prête à le remettre à sa place. Max relève alors doucement ses lunettes de soleil.

– Qu'est-ce qui se passe ? demande Ralf.

– Suivez-moi ! répond Salma.

Max grimace et suit Salma, tout comme Ralf. La ferme est vaste, avec de hautes poutres en chêne massif et un toit si pointu qu'il semble toucher les étoiles. À l'intérieur, tout est impeccablement ordonné. Les étables sont remplies de foin, et les rennes, bien installés, semblent parfaitement à l'aise. Salma monte un escalier au fond de la pièce et s'arrête devant une grande porte menant à un bureau. Elle ouvre une autre porte à l'extrémité de la pièce, révélant une chambre où repose le père Noël, affaibli. En entrant, le père Noël tousse. Max retire ses lunettes de soleil, tandis que Ralf s'assoit, observant cette figure emblématique des enfants. Salma lui tend un verre d'eau.

– Père Noël, vous avez l'air en pleine forme, lance Max. Salma le dévisage et lève les yeux au ciel.

– Quoi ? J'ai dit quelque chose de...

– Attention, Max ! dis-je.

– Quoi ? Ce n'est pas vulgaire ! rétorque Max.

– N'oublie pas la règle !

– D'accord, donne-moi une liste de mots interdits, ce sera plus simple que de me menacer, narrateur !

Aussitôt, une liste aussi longue que trois étages tombe du plafond. Max remet ses lunettes de soleil et commence à la lire.

– On a plus urgent, Max, lance Salma, agacée.

— D'accord, pardon, répond Max en continuant de parcourir la liste. Ah, je suis vraiment mal parti.

— Le père Noël est malade, explique Salma.

— Ah, ce n'est que ça ?

— Max tu ne comprends pas, on est le 22 décembre, Noël c'est dans 2 jours et il faut qu'il soit remis d'ici là.

— Oh, tu sais un rhume avec ce temps c'est normal, Salma.

— Je suis mourant… lance le père Noël gravement.

— Mais comment c'est possible ? demande Max complètement étonné.

— Vous avez très bien compris, j'ai besoin d'un remède magique pour Noël cette année.

— Euh d'accord, mais je ne suis pas magicien, je suis mécanicien.

— Tu es aussi un baroudeur, lance Salma.

— Oui à mes heures perdues.

— Max… l'appelle le père Noël, le sort de Noël dépend de vous.

— Mais sans vous manquer de respect, comment pourrait-on sauver Noël ?

— Salma, explique-leur.

Le père Noël tousse de nouveau, tandis que Salma les pousse vers la sortie et ferme la porte derrière elle.

— Il a l'air vraiment mal en point.

— Il est mourant Max ! Une fin d'année sans Noël c'est impossible, donc il va falloir que tu ailles voir Hélène.

— Euh pardon ?

— Oui, tu as très bien compris.

– Tu te f…

Dans la seconde qui suit, du scotch se colle sur sa bouche. Il hurle de frustration, incapable de s'exprimer. Salma pose une main sur son front, exaspérée.

– Je l'avais prévenu ! j'enchaîne.

– Je sais, je connais la règle, mais nous n'avons pas de temps à perdre.

Salma s'agenouille et regarde Ralf.

– Pourquoi Hélène ? demande-t-il.

– Elle a un remède, enfin, disons qu'elle sait exactement où en trouver un.

– Un voyage ?

– Oui, un voyage, ou plutôt une aventure.

– Et tu ne peux pas nous le dire ? Tu sais à quel point ces deux-là ne s'entendent pas vraiment.

– C'est pour sauver Noël, Ralf.

– Bon, très bien. Et on a deux jours, c'est ça ?

– Exactement, mais le plus vite sera le mieux.

– Et tu es sûre que ça va sauver le père Noël ?

– J'ai confiance en elle à 100 %.

– Bon, alors on n'a pas de temps à perdre.

– Merci, Ralf !

Le chien s'élance rapidement vers la porte de la ferme, tandis que Max secoue la tête.

– Comporte-toi bien et fais ton travail, notre nounours national.

Max lève les bras, ne pouvant répondre. Une fois dehors, le scotch se retire enfin de sa bouche.

– Ah, enfin, ça a été long.

– Je t'avais prévenu, Max ! J'insiste.

– Mouais.

Il ouvre la porte de son Hagglunds. Ralf monte le premier, suivi de Max qui démarre le moteur du véhicule.

– Bon, direction Hélène alors, lance Max.

– Tu ne vas pas t'énerver ? demande Ralf.

– Moi ? Tu me connais, je suis le mec le plus zen du pays.

– Tu veux que je te cite toutes les fois où ça n'a pas été le cas ?

– Non, pas besoin, j'ai une bonne mémoire, répond Max en remettant ses lunettes de soleil.

Le monstre de Max s'enfonce dans l'épais blizzard. On peut apercevoir, sur le toit, un homme accroupi qui se relève lentement. Il glisse sur le toit pointu et atterrit dans la neige. Il marche un peu, chaussé de pantoufles pointues d'un vert délavé. Il s'arrête et regarde la lumière des phares du véhicule de Max disparaître complètement. Un chien, un berger allemand amaigri, s'approche de l'homme mystérieux et aboie une fois.

– Oui, Vic, je suis d'accord avec toi, il va falloir résoudre ce petit problème.

Hélène

Max freine brusquement son imposant véhicule devant une maison à deux étages, entièrement en briques, avec un drapeau canadien gravé sur la façade. Il observe les fenêtres et constate que des lumières sont allumées.

— N'oublie pas ! lui rappelle Ralf.

— Je sais, Ralf. Je serai aussi sage qu'une image, répond Max.

— C'est pour sauver Noël.

— Et pour ça, je prendrai sur moi, ajoute Max avec détermination.

Il ouvre la portière, descends du véhicule, et Ralf le suit alors qu'ils se dirigent vers la porte. Max s'apprête à frapper, mais son pied se pose sur un nœud de corde.

— Oh, flûte !

Le nœud se resserre brusquement, le soulevant, tête en bas, pendant que Ralf observe la scène avec un sourire amusé. La porte s'ouvre presque aussitôt, et Hélène apparaît. C'est une femme de taille moyenne aux superbes cheveux châtain clair, si lisses qu'on les croirait brillants. Elle porte un long peignoir rouge et blanc, orné d'un drapeau canadien dans le dos, qui traîne légèrement par terre.

— Max ! Quelle bonne surprise ! s'exclame-t-elle.

— Ne pas s'énerver, ne pas s'énerver, murmure Max pour se calmer.

Hélène lui adresse un clin d'œil avant de se tourner vers Ralf.

— C'est urgent, Hélène, enchaîne Ralf.

— Je m'en doute, sinon Max ne serait pas là, répond-elle.

— Je peux descendre ? demande Max.

— Hmmm… Peut-être que je vais te laisser patienter encore un peu, plaisante-t-elle.

— Hélène, c'est au sujet du père Noël ! déclare Ralf d'un ton insistant.

Hélène, qui regardait Max dont la tête devenait toute rouge, s'exclame :

— Non, il a osé !

Elle entre chez elle et appuie sur un bouton près de la porte. Max retombe alors lourdement au sol.

— Qui a fait quoi ? demande Ralf en la suivant à l'intérieur.

Max se relève péniblement et, en premier réflexe, remet ses lunettes de soleil. Une fois debout, il voit Hélène fouiller frénétiquement dans sa bibliothèque. Max finit par entrer à son tour et referme la porte, en se massant la tête.

— Où est-il ? Où est-il ? marmonne Hélène en cherchant.

— Qu'est-ce que tu cherches ? demande Max, encore à moitié sonné.

— Le remède contre l'empoisonnement du père Noël.

– On l'a empoisonné ? s'étonne Ralf.

– Bien sûr ! Son grand frère a fait ça.

– Mais pourquoi ?

– Il déteste Noël depuis toujours.

– Oui, mais… c'est Noël !

– Je sais, Ralf. Mais tout le monde ne voit pas Noël d'un bon œil. Certains préféreraient même qu'il n'ait jamais existé, comme le grand frère du père Noël, Éric !

Hélène finit par sortir un livre de sa bibliothèque et le tend à Max, qui lit le titre avant de la fixer, incrédule.

– C'est une blague ? demande-t-il.

– Bien sûr que non ! Quand Noël est en jeu, je suis très sérieuse.

– On n'est pas au pays des Bisounours, Hélène.

– Mais on est bien au pays du père Noël, c'est différent ?

– Euh, oui, un minimum… Nous, au moins, on existe, rétorque Max.

Max tend le livre à Ralf avant de chercher un fauteuil dans le salon pour s'asseoir.

– Tu te crois chez toi ? lui lance Hélène, outrée.

– Euh… j'ai mal à la tête, j'aimerais bien m'asseoir quelque part.

– Oui, dans ton gros véhicule.

– Hélène !

– Max !

– Doucement, les amoureux ! les coupe Ralf. Hélène, qu'est-ce que tu veux dire en nous montrant ce livre ?

– Lisez-le, et vous comprendrez.

— -Je ne veux pas te manquer de respect, mais on n'a pas vraiment le temps pour ça, dit Max.

— Si, bien sûr ! Le temps d'aller les chercher, vous aurez largement le temps de le lire.

— C'est une plaisanterie… Tu veux vraiment qu'on parte à la recherche de… ?

Vous vous demandez sûrement ce que contient ce livre pour que Max trouve l'idée si absurde, alors qu'Hélène est persuadée que c'est la seule solution pour sauver Noël.

— Super, donc on peut dire au lecteur de quoi il s'agit ? me demande Max.

— Oui, c'est le moment, dis-je.

Max retourne le livre afin que tout le monde puisse le voir et découvre un cookie en couverture.

— Donc, on doit aller chercher des cookies, c'est ça, Hélène ?

— Oui, mais pas n'importe lesquels.

— Ah bon ? Il y a des cookies précis à aller chercher ?

— Absolument. Ce sont ceux de « Back to Cookies » en France, sur la Côte d'Azur.

Max se fige, tandis que Ralf pose sa patte sur sa tête.

— Euh… Attends, redis-moi ça ?

— Il nous faut les cookies de « Back to Cookies » pour guérir le père Noël du poison que lui a infligé son frère.

— On n'est même pas sûr que ce soit son frère, et encore moins que ces cookies fonctionnent.

— Salma vous a dit de venir me voir parce que j'avais la solution, n'est-ce pas ?

– Oui, elle l'a un peu suggéré dans ce sens.

– Bien, alors nous embarquons pour la France.

– Euh… comment ça, NOUS ?

Hélène, qui a récupéré le livre des mains de Max, se retourne vers lui avec étonnement.

– Dans toute aventure, il faut une femme pour s'assurer que l'objectif soit atteint. Et là, l'objectif est que Noël ait lieu, donc je viens avec vous !

– Mais, Salma et le père Noël nous ont appelés nous et pas toi, donc…

– Donc quoi ? Tu vas retourner à la ferme du père Noël pour lui demander ?

– Non, mais…

– Il n'y a pas de, mais, Max. Je viens avec vous, et je vous lirai ce livre durant notre voyage pour être certaine que vous compreniez bien pourquoi les cookies de « Back to Cookies » sont la solution parfaite pour guérir le mal qui ronge le père Noël.

Ralf regarde Max, lui faisant comprendre que pour sauver Noël, cela devra se faire avec Hélène. Max hausse les épaules, mais acquiesce.

– Mais à une condition ! lance Max. Hélène, en train d'échanger son peignoir contre un manteau, se retourne vers lui.

– Laquelle ?

– C'est moi qui conduis tous les véhicules que nous devrons prendre.

– À vos ordres, chef !

– Et c'est uniquement pour sauver Noël.

Hélène sourit et ouvre la porte de sa maison. Ralf est le premier à sortir, suivi de Max qui se craque le cou en passant devant Hélène, tout en remettant ses lunettes de soleil. Elle secoue la tête et ferme la maison à clé.

Petit coucou

Max arrête son monstre devant l'aéroport d'Helsinki. Hélène s'apprête à partir, mais Max verrouille les portières.

— Qu'est-ce qui te prend ? demande Hélène.

— On est interdit de vol avec Ralf ici.

— Ah super ! Tu ne pouvais pas trouver un autre endroit pour décoller ?

— Mais attends, laisse-moi finir.

— Oui, laisse-le finir ! enchaîne Ralf.

Hélène les dévisage tous les deux, un peu choquée de voir que même Ralf lui répond.

— Il y a un aérodrome juste à côté. Nous allons y aller pour récupérer le meilleur avion disponible et partir, d'accord ?

— D'accord, Max, mais je répète que tu aurais pu le dire plus tôt.

Max déverrouille les portières et Hélène sort en trombe du véhicule. Ralf le fixe avec un brin de dépit.

Aparté avec le narrateur

— N'est-il pas dit dans les contes qu'emmener une femme dans une aventure peut mal finir ? lance Max.

— J'en doute fort, dis-je.

— Ouais, eh bien…

— Attention ! dis-je à Max.

— Pourquoi as-tu décidé de l'inclure dans l'histoire ? Un chien, un homme parfait, non ?

— N'oublie pas l'égalité des sexes, mon très cher Max.

— As-tu vu le look que tu m'as donné pour ce personnage ? Tu crois que je dégage une passion pour l'égalité des sexes ?

— C'est pour créer du conflit, réfléchis un peu.

— Je ne suis pas fait pour les subtilités !

— Ah ça !

— Quoi ? Tu veux dire quoi par là ?

— Rien, mais suis la avant qu'elle ne parte sans toi.

— Ça me ferait mal. J'ai signé un contrat pour un personnage qui occupe 90 % des chapitres de l'histoire.

Ralf finit par sortir, tandis que Max ajuste ses lunettes de soleil et descend de son véhicule.

Hélène frappe à la porte de l'accueil de l'aérodrome, l'ouvre et se retrouve face à un guichet où un homme lit un journal. Son visage est presque entièrement caché par la feuille qu'il tient dépliée. Peu après, Max arrive et ferme la porte derrière lui. Hélène lui lance un regard sévère, et il lève les mains, surpris par son expression. Elle lui fait signe de parler à l'homme, mais il refuse en secouant la tête. Elle insiste en lui faisant à nouveau les gros yeux et lui montre l'heure. Max, se sentant vaincu, lève les yeux au ciel.

– Bonjour, monsieur !

– Bonjour, répond l'homme assis derrière le comptoir sans baisser son journal.

Max recule légèrement la tête, étonné de l'indifférence de l'homme. Hélène persiste avec ses gros yeux afin que Max prenne la parole.

– Euh… Nous aimerions louer un avion.

– Par un temps pareil ?

– Oui, je sais, mais c'est une question de vie ou de mort.

– Vous m'en direz tant. La clé est sur le mur à votre droite.

Ralf, Hélène et Max tournent la tête et aperçoivent la clé. Max est le premier à s'en approcher, bien qu'Hélène ait aussi signalé qu'elle souhaitait la prendre. Max la dévisage, surpris, et secoue la tête.

– Nous avons des papiers à signer ? demande Max.

– Oui, ils sont dans l'avion. Vous les remplissez et vous les laissez avant de décoller.

– Super, merci de votre aide.

– C'est un plaisir, merci d'avoir choisi Air Finlande Location.

– C'était un plaisir ! répond Max, tout sourire.

Ils quittent rapidement l'accueil et se dirigent vers le hangar. À l'intérieur, il n'y a qu'un seul avion au bout : un petit quatre places. Ralf arrive le premier et l'examine.

– Je sens qu'il va falloir s'accrocher en vol.

– Mais non, tu dramatises, lance Max.

– T'es sûr ? demande Hélène en voyant la peinture écaillée sur la coque.

Max se mordille les lèvres.

– De toute façon, on n'a pas le choix.

Max ouvre la porte et monte à bord. Ralf le suit, tandis qu'Hélène hésite un peu.

– On peut partir sans toi si tu préfères, dit Max en enfilant son casque. C'est le moyen de transport le plus sûr au monde, Hélène !

– Ouais, mais ce n'est pas un avion ça !

Elle prend une profonde inspiration pour se calmer et monte à l'intérieur au moment où Max allume les moteurs. Il jette un œil aux jauges, qui sont toutes au vert.

– Bon, maintenant, comment ça marche ?

– Quoi ? demande Hélène, complètement apeurée.

– Je plaisante, je sais exactement comment ça fonctionne, je te fais marcher.

– Oui, ben à d'autres !

– Oui, chef !

Elle le fixe, un peu en colère.

– Sois en colère, tu seras moins stressée comme ça.

– Si tu le dis.

Max fait avancer lentement l'avion et le sort du hangar.

– Voilà, c'était le plus dur.

– Ah oui ?

– Non, pas du tout.

– Oh, je vais…

– N'oublie pas la règle.

Hélène serre les dents. Max dirige l'avion vers la piste pour décoller, mais le blizzard est encore bien présent, et la visibilité est faible.

— Oh, puis quand il faut y aller, il faut y aller !

Max pousse les gaz et fonce dans le blizzard. Hélène hurle en essayant de s'accrocher à quelque chose, mais il n'y a rien.

— C'est pour la magie de Noël ! C'est pour la magie de Noël ! hurle-t-elle pour tenter de se calmer.

Ralf sourit, ravi.

— J'adore le décollage, c'est le meilleur moment du vol ! lance-t-il.

— Ce chien est fou !

— Mais non, lui au moins, il sait ce qui est bon ! enchaîne Max.

Max tire les commandes vers lui, et l'avion décolle avec un peu de difficulté, mais commence à prendre de l'altitude.

— On a décollé, on a décollé ! s'exclame Max.

— T'es sûr ? demande Hélène, toujours en hurlant.

— Oui, sûr ! lui répond-il en hurlant aussi.

Dans la cabine d'accueil de Air Finlande Location, le chien Vic entre et s'assoit en face de l'homme, qui baisse son journal. On peut distinguer l'homme à capuche qui était sur le toit de la ferme du père Noël.

— Ils n'arriveront jamais en France, Vic, et certainement pas sur la Côte d'Azur. J'ai tout calculé. Ouvre-nous la porte du fond.

Vic s'élance, passe la porte de l'accueil et en ouvre une autre au fond du hangar. Une fois complètement ouverte, on distingue un avion de chasse entièrement vert. Vic attend son maître, qui finit par arriver à son niveau.

— Et on va s'assurer que Noël n'arrive pas ! conclut l'homme en riant de façon narquoise.

Pour patienter durant le vol...

Max est tout sourire en pilotant ce petit coucou, qui semble à moitié bon pour la casse. Hélène tente de se calmer comme elle peut, en respirant profondément.

– Cool, plus rien ne peut nous arriver. Une fois en l'air, on est simplement portés par l'air.

– Tu vas me dire aussi qu'on ne peut pas s'écraser, c'est ça ?

– Il y a moins de risques...

– Oui, que d'avoir un accident en voiture.

– Tu vois, t'as compris.

– Oh, je ne sais pas ce qui me retient...

– Le père Noël !

– Touché. Bon, il va nous falloir six à sept heures de vol pour arriver en France avec cet avion, alors raconte-nous les histoires sur ces fameux cookies qui devraient sauver Noël.

– Si je fais ça, je vais être malade.

– Mais non, le mal de l'air n'existe pas en avion.

Hélène tourne la tête vers lui, tout comme Ralf.

– Vous m'avez compris, le mal de l'air, c'est à cause des hélicoptères, pas des avions.

Hélène ajuste sa position sur son siège, tandis que Ralf se recule un peu pour s'affaler sur les deux sièges à l'arrière. Hélène prend le livre sur les cookies et l'ouvre.

– Ce sont des histoires courtes ? demande Max.

– Pourquoi cette question ? Tu viens de me dire qu'on avait du temps devant nous.

– Oui, mais c'était juste pour savoir à quoi m'attendre.

– Pour la peine, surprise !

– Oh ça, c'est vraiment injuste, tu es…

– Je suis quoi ? N'oublie pas la règle, hein ?

– À la fin de l'histoire, on s'expliquera sur ce genre d'improvisation.

– Qui te dit que c'était improvisé ? N'oublie pas qui est le narrateur.

Max lève les yeux de son tableau de bord et la regarde, surpris.

– Tu es en train de me dire qu'il n'y a eu aucune improvisation depuis tout à l'heure ?

– Je dis juste, n'oublie pas qui est le narrateur.

– Oui, c'est vrai, j'ai oublié que vous, les femmes, vous n'êtes jamais claires.

– Si tu le dis.

– Ouh… Scotch-moi !

– T'es sûr ? Je lui demande.

– Oh oui !

Au même moment, Max se retrouve avec du scotch sur la bouche et hurle dedans, mais on ne comprend pas ce qu'il dit. Hélène lui fait un bisou de loin et un clin d'œil, pendant qu'il continue de hurler dans son scotch.

– Oh, j'adore cette règle !

Elle le regarde en levant les sourcils. Il secoue la tête et finit par se taire.

– Bien, histoire numéro 1 : L'Amour, annonce-t-elle avant de commencer à lire.

L'amour

Un homme d'une trentaine d'années, caucasien, aux cheveux bruns et fraîchement rasés, marche d'un pas rapide en consultant son téléphone. Il cherche une adresse, mais ne parvient pas à la trouver. Le soleil est au zénith, il doit être près de midi. Après une bonne demi-heure de recherche, il est toujours bredouille.

– Mais ce n'est quand même pas compliqué de trouver une adresse de nos jours, c'est pas possible !

Il jette un coup d'œil à sa montre : il est déjà en retard à son rendez-vous. Déçu, il aperçoit une boutique avec l'enseigne « Back to Cookies » et décide d'y entrer. À l'intérieur, un comptoir offre une sélection variée de cookies.

– Bonjour, lance une femme d'une vingtaine d'années.

– Bonjour. Désolé, je ne sais pas trop ce que je fais là.

– Pas de souci ! Pendant que vous décidez, laissez-moi vous offrir l'un de nos cookies.

– Pourquoi pas. Ils font des miracles ?

– Oh, je dirais qu'ils ont un petit quelque chose en plus.

– Ah oui ?

– Je vous laisse en juger.

Elle prend un cookie dans la vitrine et lui sourit.

– Asseyez-vous, je vous l'apporte.

– Merci.

L'homme s'installe sur une chaise haute devant une table étroite, façon bar. La femme lui apporte le cookie.

— Merci beaucoup.

— C'est un plaisir.

Il mord dans le cookie quand, soudain, une autre femme entre précipitamment dans la boutique, essoufflée.

— Excusez-moi, est-ce qu'un homme aux cheveux bruns est passé par ici ?

La vendeuse lui désigne l'homme qui vient d'avaler une bouchée de cookie. La nouvelle venue, une blonde mince au visage rond, s'approche de lui.

— Excuse-moi, je me suis trompée dans l'adresse que je t'ai donnée hier.

— Pas de souci.

— Tu pensais sans doute que je t'avais donné une fausse adresse, non ?

— Oh, un peu… mais ce cookie vient de me faire changer d'avis.

Elle se penche pour goûter un morceau de son cookie.

— Oh la vache ! dit-elle, surprise par le goût.

— Tu l'as dit.

— On va chez moi !

Il acquiesce en souriant, tout en prenant une autre bouchée de cookie.

Hélène tourne une page et regarde Max, dont le scotch est désormais parti.

— Oui, mais ça, ça ne prouve rien, dit Max.

– Si ! Grâce à la boutique, ils ont trouvé l'amour. Ils sont mariés maintenant et ont même une petite fille.

– Moi, j'appelle ça un coup de chance.

D'accord, très bien ! Passons au numéro 2 ! Pilote !

Pilote

Un pilote portugais de Nascar fait les cent pas dans son garage, rongeant ses ongles avec impatience.

– Où sont-ils ? demande-t-il à l'un de ses mécaniciens.

– Ils sont en route.

– C'est trop long ! J'ai besoin d'eux maintenant, sinon je vais perdre cette course.

– Parce que vous n'avez pas mangé de cookies ? répond le mécano incrédule.

– Tu ne comprends pas leur pouvoir.

– Ils ne sont pas dans le moteur !

– Non, pas de celui de la voiture, mais du mien.

À ce moment-là, un représentant de la course s'approche pour lui signaler que le départ est imminent.

– Dès qu'ils arrivent, prévenez-moi. Je m'arrêterai au stand.

– Mais…

– Pas de « mais » ! C'est un ordre. Ces cookies sont ma garantie de victoire.

– Euh…

Le mécanicien, décontenancé, reste silencieux tandis que le pilote, furieux, s'installe dans sa voiture. Il enfile son casque et se dirige vers la ligne de départ. Dès le signal, la course commence, mais son départ est catastrophique : parti en deuxième position, il chute rapidement à la quinzième place. Les tours s'enchaînent, mais il peine à remonter, perdant même des positions en ratant plusieurs virages, jusqu'à ce qu'un message radio l'interrompe.

– On a une livraison pour toi !

– C'est bien ce que j'attends depuis deux heures ?

– Oui.

– J'arrive. Préparez les stands !

Il passe la vitesse supérieure, double deux voitures, et file vers le stand. Après un gros freinage qui laisse des traces de gomme sur plusieurs mètres, il s'arrête. Il ouvre la portière, enlève son casque et court vers le garage où une femme l'attend avec une boîte marquée « Back to Cookies ». Elle l'ouvre, et le pilote attrape un cookie qu'il avale presque en une bouchée. Sa colère s'efface, laissant place à un sourire de soulagement. Détendu, il regarde la femme.

– Vous êtes des magiciennes culinaires.

Elle lui fait un clin d'œil. Le pilote remet son casque et retourne à sa voiture, désormais ravitaillée et équipée de pneus neufs. Il passe le reste de la course à doubler ses adversaires, jusqu'à franchir la ligne d'arrivée en première position, quelques mètres avant le drapeau à damier. Il sort de sa voiture, rayonnant de joie, un bonheur contagieux pour toute l'équipe.

Hélène tourne la page de l'histoire.

– Mouais… pourquoi pas, mais il m'en faut plus, Hélène, et tu le sais.

– Très bien, alors passons à l'histoire numéro 3 : « Dépression ».

Dépression

Un homme d'une quarantaine d'années est assis seul dans son salon, affalé sur le canapé. Il fixe le mur, le regard vide, tandis que des larmes coulent lentement de ses yeux jusqu'à sa bouche.

– Je suis un raté, je n'arrive à rien…

Il finit par se lever et se dirige vers la plaque de cuisson. Il allume le gaz, prêt à le respirer pour en finir, mais rien ne sort.

– Non ! J'en ai besoin !

Il ouvre le placard sous la plaque de cuisson et découvre que la bouteille de gaz est vide. Dépité, il referme le placard, puis jette un coup d'œil vers le four. Avec un haussement d'épaules, il l'allume, ouvre la porte et y place sa tête. Mais au bout de quelques secondes, le courant est coupé.

– Non, mais je rêve ! Je pensais que ce serait facile de passer l'arme à gauche.

Il ouvre un tiroir, en sort un couteau au hasard, puis retourne s'asseoir sur le canapé. Il prend une profonde inspiration, prêt à se couper les veines.

– Aucune marche arrière possible !

Il lève le couteau, mais au moment où il s'apprête à l'utiliser, la lame se détache du manche, tombe au sol et se brise en plusieurs morceaux.

– Non, mais c'est une blague ! C'est aussi compliqué que ça ? Je ne demande pourtant pas grand-chose !

Désespéré, il jette le manche, enfouit son visage dans ses mains et éclate en sanglots. Soudain, la sonnette retentit.

– Livraison ! lance une voix de l'autre côté de la porte.

Il relève la tête, surpris.

– Mais… je n'ai rien commandé !

– Pourtant, c'est bien pour vous, de la part de Back to Cookies.

– Quoi ?

– Je vous le laisse devant la porte. Bonne journée !

Il secoue la tête, incrédule, mais finit par se lever, intrigué par cette livraison inattendue. Lorsqu'il ouvre la porte, il découvre une boîte posée au sol. Il la ramasse, l'ouvre, et trouve des cookies de différents parfums à l'intérieur.

– Après tout, tout le monde a droit à un dernier repas.

Sans vraiment choisir, il en prend un et mord dedans. Ses larmes sèchent presque instantanément, et son regard se fait plus assuré. Un léger sourire se dessine sur son visage et il regarde la boîte avec émerveillement.

– Waouh…

Il prend un autre cookie, et chaque bouchée semble lui redonner de l'énergie. Au même moment, le courant revient, et le gaz dans la bouteille est miraculeusement à nouveau disponible.

– Oui, je suis d'accord avec le livreur : c'est une bonne journée.

Hélène tourne une nouvelle page, tandis que Max la regarde, sceptique.

– Ça commence à devenir plus crédible, dit-il.

– Ah oui ? Il faut qu'on parle d'un dépressif pour que ça devienne crédible ?

– Il me manque juste une dernière histoire.

– Oh, j'en doute pas ! Et j'en ai une parfaite.

– Allez, envoie !

Chronos

La pluie fait rage sur la Côte d'Azur, au point que les écoles ont dû fermer en raison du risque inquiétant d'inondation et de crue des cours d'eau. Un homme et l'une des propriétaires de Back to Cookies attendent, abrités dans la boutique, que l'orage se calme.

– C'est pas possible, ce temps ! Il pleut sans arrêt depuis une semaine, dit l'homme.

– Oui, je sais, ça commence à nous miner le moral.

– Ne m'en parle pas !

Un ami de cet homme entre dans la boutique.

– Elodie, j'ai besoin d'un peu de réconfort... J'ai besoin de l'un de tes cookies ! lance-t-il.

– Bien sûr ! répond-elle en lui tendant son préféré, qu'elle connaît par cœur.

– Je me demande bien comment autant de pluie peut tomber, dit l'homme qui est là depuis le début.

– C'est normal, c'est à cause des avions, répond l'ami en croquant un morceau de cookie.

Elodie et l'homme se dévisagent, incrédules.

– Comment ça ? Tu veux dire, les traînées laissées par les avions dans le ciel ?

– Mais non, voyons ! Ce sont des avions qui ramassent des particules et les libèrent ensuite dans les nuages. En ce moment, on doit être entourés d'avions !

L'homme le regarde, éberlué.

– Non, mais… Tu es sérieux ?

– Oui, pourquoi ?

– Parce que, enfin… tu es marié et père de deux enfants !

– Et alors ? Quel est le rapport ?

– C'est un peu comme si je disais qu'avec un cookie de Back to Cookies, je pouvais faire arrêter la pluie.

– Même pas cap !

L'ami le fixe, les yeux grands ouverts.

– Elodie ? appelle l'homme.

– Tout de suite !

Elle attrape un cookie dans la vitrine et le lui tend. L'homme met sa veste, sort de la boutique, s'avance au milieu de la route et lève le cookie vers le ciel. Soudain, un éclair le frappe de plein fouet. Elodie et son ami portent leurs mains à leur bouche. Comme par magie, la pluie cesse instantanément, laissant place à un ciel bleu et un soleil éclatant.

Ils s'approchent de l'homme, qui est toujours debout, le bras en l'air, avec ses vêtements en lambeaux et noircis. Le cookie, quant à lui, est parti en fumée.

– Tu vois ? C'est bien ce que je disais ! lance-t-il à son ami.

Hélène referme le livre.

– Alors ?

– Je dois avouer, celle-là est forte. Un cookie qui arrête la pluie !

– Je te l'avais dit, ils sont magiques.

– C'est incroyable.

– Quoi, tu as du mal à y croire ?

– Qui est l'auteur de ce livre ?

– John Jaws.

– Ah, lui ? C'est un documentaliste né, donc ça veut dire que c'est vrai, et même plus que vrai !

– Alors ?

– Peut-être qu'on ne fait pas tout ça pour rien finalement.

– Je l'espère bien, parce qu'on n'est pas seuls ! lance Ralf depuis l'arrière.

– Comment ça ? demande Max en se retournant.

Bien le bonjour, il est l'heure de s'écraser

Max jette un coup d'œil par la petite vitre arrière et aperçoit un avion de chasse vert fonçant droit sur eux.

— Ah mince de chez mince !

Il serre fermement le manche de l'avion.

— Qu'est-ce qui se passe ? demande Hélène.

— Ralf avait raison, on n'est pas seuls.

— Qui est-ce ?

— J'ai ma petite idée, mais je ne suis pas sûr. Ralf !

— Oui !

— Peux-tu me dire où on en est sur le parcours ?

— On est au-dessus des Alpes suisses.

— Donc pas si loin de notre point de chute.

Une alarme retentit soudain dans le cockpit.

— C'est quoi ce bruit ? demande Hélène, paniquée.

— Peut-être bien la chose qui va nous faire chuter.

— C'est-à-dire ?

— Un missile ! enchaîne Max.

Max plonge l'avion pour sortir des nuages et essayer de mieux se repérer. En basse altitude, les montagnes enneigées se dévoilent sous eux.

— Ralf, rapport de situation !

— Négatif !

— Super, c'était simple !

L'alarme se remet à sonner.

– Il ne nous lâche pas !

– C'est le principe d'un missile, non ? rétorque Hélène, effrayée.

– Sans blague !

Max change de cap, mais un missile émerge des nuages et se dirige droit sur leur petit avion.

– Je crois qu'il va falloir sauter.

– Quoi ? Mais tu es fou ! Sauter avec quoi ? demande Hélène toujours en panique

– Ralf, des parachutes ?

Le chien fouille frénétiquement à l'arrière de l'appareil, mais ne trouve rien.

– Négatif !

– Génial, ça s'arrange !

Max réfléchit un instant en regardant les montagnes sous eux.

– Ça vous dit, un petit slalom ?

– Quoi ? s'exclame Hélène, complètement abasourdie.

– Je prend ça pour un oui !

Il plonge encore plus l'avion et se rapproche des montagnes.

– Facile, facile… murmure Max pour se rassurer.

– On va mourir.

– Mais non ! On doit sauver Noël, mourir n'est pas une option !

– Alors, assure-toi que ça reste le cas !

Max secoue la tête, se concentre, et tient fermement les commandes. Il vire à droite autour d'une première montagne, puis à gauche autour d'une seconde, jetant un coup d'œil rapide derrière lui pour vérifier l'avancée du missile.

— Ce petit chenapan ne nous lâche pas.

Ralf et Hélène le dévisagent

— La règle, les amis, désolé !

Soudain, Max aperçoit une montagne imposante droit devant. Il tire les commandes pour monter en flèche, espérant que le missile s'écrase sur la montagne.

— Allez, grimpe, grimpe !

L'avion ralentit à mesure qu'ils approchent du sommet, mais Max tire de toutes ses forces et réussit à passer par-dessus. L'alarme se tait, et tout le monde pousse un soupir de soulagement... jusqu'à ce que le missile percute l'arrière de l'appareil et explose.

L'avion part en vrille, finit par s'écraser violemment dans une forêt de sapins, laissant des débris partout autour d'eux.

C'est une histoire magique

De la fumée s'échappe de la forêt. Ralf atterrit violemment au sol, le pelage légèrement noirci. Il lève les yeux et voit l'avion encastré dans les arbres.

— Hélène, Max ! Ça va ? crie-t-il pour se faire entendre.

Max se réveille en sursaut, se touche le visage, mais ne trouve pas ses lunettes de soleil. Il finit par les repérer au sol, les ramasse, soulagé, et les remet. Il découvre Hélène qui le dévisage, visiblement en colère.

— Un problème ? demande-t-il.

— Je ne remonte plus jamais en avion avec toi !

— Ah, excuse-moi, sans le missile on aurait bien atterri !

— Répondez ! lance Ralf en bas.

— Oui t'inquiète, tout va bien, comme sur des roulettes.

Max ouvre ce qu'il reste de porte et saute pour atterrir près de Ralf. Hélène a plus de mal, mais finit par faire de même. Une fois au sol, elle remet ses cheveux en place et regarde autour d'elle.

— Et donc, on est où ?

— Ralf ? demande Max.

— D'après mon flair, je dirais qu'on est en France, dans les Alpes.

— Pas mal, on est moins loin que ce que je pensais.

— Mais du coup, on est à pied, enchaîne Ralf.

– Ouais, et on a perdu une journée avant de devoir retourner voir le père Noël. C'est exactement maintenant qu'on aurait besoin de l'un de tes cookies magiques, dit Max en fixant Hélène.

– Si seulement j'en avais sur moi, on n'en serait pas là.

– Pas faux !

Ralf renifle le sol, puis lève soudainement la tête.

– On est proche d'un cours d'eau.

– Qui dit cours d'eau, dit civilisation. Mène-nous, Ralf, on te suit, réplique Max.

Ralf s'élance en courant, et Hélène le suit sans hésiter.

– Non, mais... on te suit, mais pas comme un coureur de 100 mètres quand même !

– Le temps joue contre nous, Max ! lance Hélène.

Il secoue la tête et se met à courir aussi.

Une chute peut en cacher une autre

Ralf slalome entre les arbres et arrive devant une rivière à faible courant. Hélène le rejoint peu de temps après, suivie de Max, complètement essoufflé.

— Je suis mécanicien, pas sportif !

— Ah, ça, on l'avait bien remarqué ! réplique Hélène.

— Ne commence pas, je cherche encore mes poumons, je ne peux pas te répondre.

Max tente de reprendre son souffle quand il aperçoit un canoë abandonné non loin de là.

— C'est notre jour de chance, lance-t-il, tout sourire.

Hélène se retourne et remarque le canoë.

— Ne perdons pas de temps.

Max attrape le canoë et le met à l'eau pour vérifier s'il flotte. Après quelques instants, il constate que le canoë ne coule pas.

— Je crois que c'est bon signe, dit-il, un peu fier de lui.

— Et si ce canoë appartient à quelqu'un, ce ne serait pas du vol ? demande Ralf.

Hélène et Max le dévisagent avec insistance.

— Ok, j'ai rien dit.

Hélène et Ralf montent à bord. Max les pousse puis y grimpe à son tour. Il n'y a qu'une pagaie, alors c'est lui qui s'en charge. Ils descendent la rivière pendant un moment.

Depuis son avion de chasse, l'homme les observe.

– Je vois qu'ils sont tenaces, la magie de Noël doit vraiment couler dans leurs veines.

Il aperçoit une montagne qui surplombe la rivière.

– Vic, je crois que j'ai une idée.

L'homme appuie sur un bouton, et deux missiles décollent de son avion, filant droit vers la montagne.

Ralf lève les yeux au moment où la montagne explose sous l'impact des missiles. Des morceaux de roches dégringolent vers la rivière.

– Euh, les gars !

Hélène et Max lèvent les yeux à leur tour et voient les rochers se précipiter vers eux.

– Max, plus vite !

– Je sais !

Il pagaie aussi vite que possible, mais les morceaux de roches se rapprochent rapidement.

– On va devoir nager ! Sautez !

Ralf saute le premier, suivi d'Hélène et de Max. Les rochers écrasent le canoë et le font sombrer.

L'homme dans son avion de chasse effectue un tour au-dessus d'eux, mais ne voit aucun signe de vie.

– Je crois que Noël est mort pour cette année, Vic. Ah, oui, Noël… Pas cette année ! On va se poser plus bas.

Ralf sort la tête de l'eau le premier, suivi d'Hélène et de Max.

– Je crois que quelqu'un veut vraiment que Noël n'ait pas lieu cette année, lance Max en remettant ses lunettes de soleil sur son nez.

– Ah, vraiment ? Je n'avais pas remarqué, répond Hélène, agressive.

Ils nagent vers le rivage et sortent de l'eau. Max essore sa barbe, tandis qu'Hélène s'occupe de ses cheveux. Ralf renifle tout autour de lui avant de lever la tête.

– Je sens de l'essence, lance-t-il aux autres.

– Vers où ?

– Sud-ouest !

– Alors, on se dépêche ! lance Hélène.

Ralf part le premier et Hélène le suit en courant.

– Je crois qu'ils n'ont pas compris ce que j'ai dit tout à l'heure.

Max soupire et les suit.

Le chat et la souris

Ralf finit par sortir des bois et arrive devant un parking, occupé uniquement par des 4x4. Hélène le rejoint quelques secondes plus tard.

– Il faut en prendre un, dit Hélène.

– Voler tu veux dire ? demande Ralf, inquiet.

– Non, emprunter, enchaîne Max, qui vient d'arriver.

– C'est pareil, non ?

– Pas tout à fait.

Max essaie le premier 4x4, mais la poignée de la portière reste dans ses mains.

– Oups !

– Ah, je vois que la délicatesse est toujours ton fort, lance Hélène.

– Merci ! répond Max.

Elle le dévisage, surprise. Il essaie un autre 4x4, et cette fois, la portière s'ouvre. Il fait monter Ralf et Hélène, puis cherche les clés, sans les trouver.

– Et maintenant ? demande Hélène.

– Aussi facile que de respirer.

Max arrache le cache sous le volant et, d'un geste rapide, fait toucher les deux câbles pour provoquer un court-circuit. En un instant, le 4x4 démarre.

– Ah, je suis un génie ! lance-t-il content de lui.

– Je ne dirais pas ça comme ça, rétorque Hélène.

– C'est pareil, non ? demande Ralf.

Hélène secoue la tête. Max passe la première et sort du parking. Il prend la route pour descendre, mais un autre 4x4 lui la coupe. Il reconnaît Éric, l'homme de l'avion de chasse, avec Vic sur le siège passager. Éric est facilement identifiable grâce à son sweat à capuche rouge dévalé et, surtout, un tatouage sur la joue gauche : « Noël » écrit en rouge, surmonté d'une grosse croix verte.

– Éric ! lance Max.

– C'est lui qui nous met des bâtons dans les roues depuis le début, j'avais vu juste, enchaîne Hélène.

– Ah, Vic ! Ça fait si longtemps que je ne l'ai pas vu, poursuit Ralf

– Ouais, mais ce n'est pas aujourd'hui qu'on va échanger nos souvenirs.

Éric les regarde, d'abord surpris, avant que la colère ne prenne le dessus.

– Max !

– Je crois qu'il est vraiment temps de partir, réplique Max.

Max accélère et tourne le volant, passant à droite d'Éric pour filer rapidement en seconde.

– Accrochez-vous, ça va secouer.

– Comme l'avion ? demande Hélène, dépitée.

– Pire, je pense !

Éric fait demi-tour et les poursuit. Max slalome entre les voitures, se rapprochant dangereusement du ravin à plusieurs reprises.

– Tu sais qu'on doit arriver en vie chez Back to Cookies ?

– T'inquiète, je gère.

À peine a-t-il dit cela qu'une voiture leur arrive en face. Max effectue une manœuvre brusque, heurtant la voiture à sa droite, qui passe à travers la barrière de sécurité avant de finir sa course dans le ravin. Je tiens à rassurer tout le monde, personne, pas même un animal, n'a été blessé lors de l'invention de cette histoire. Hélène, furieuse, dévisage Max.

– Et ça, c'était quoi ?

– L'exception qui confirme la règle.

– Ah...

Max jette un coup d'œil dans son rétroviseur et aperçoit Éric, qui se rapproche de plus en plus.

– Il a empoisonné son frère, c'est quand même fou ! lance Max.

– Il n'a jamais aimé Noël. Pour lui, c'est une fête qui ne devrait même pas exister, enchaîne Hélène.

– Pourquoi ? demande Ralf.

– C'est le grand frère du père Noël, et il n'a jamais été mis en valeur. Tu peux imaginer ce qu'il ressent.

– C'est une façon de se venger ?

– En quelque sorte.

– Mais il va impacter des millions d'enfants pour une simple rivalité avec son petit frère ? continue Max, slalomant toujours entre les voitures.

– Je le comprends, en un sens, dit Hélène, se tenant fermement à ce qu'elle peut.

– Tu rigoles ? C'est purement égoïste !

– C'est l'expression de sa souffrance, c'est tout.

– C'est tout ? Alors pourquoi on s'acharne à sauver Noël ? demande Max, agacé.

– Parce que, comme tu l'as dit, des millions d'enfants n'y sont pour rien, donc Noël doit avoir lieu.

Max secoue la tête et arrive à un rond-point.

– Ralf ?

– À gauche !

Max tire violemment sur le frein à main, tourne à gauche, passe une vitesse et accélère à fond pour essayer de distancer Éric, mais en vain.

– C'est pas possible !

– Il ne va pas nous lâcher, j'en ai bien peur, lance Ralf.

– Je suis pilote, je vais le semer.

– Chiche ? demande Hélène.

– Oh oui, chiche !

Max change de vitesse et accélère à nouveau. En jetant un coup d'œil dans son rétroviseur, il voit toujours Éric, mais il commence à devenir de plus en plus petit.

– Je vais le larguer, je vais le larguer ! crie Max, fier de lui.

Ils arrivent à un nouveau rond-point. Max monte sur le terre-plein central, ce qui fait décoller le 4x4. Ils retombent en heurtant le bas de caisse.

– Max ! hurle Hélène.

– Il faut de la distance, je fais ce qu'il faut !

– Oui, mais si on meurt avant, il n'y aura pas de Noël !

– T'inquiète pas pour ça.

– Oh si !

– Oh non !

Max passe à nouveau une vitesse et écrase l'accélérateur. Éric arrive au rond-point, mais il prend à gauche, contrairement à Max qui continue tout droit.

– Il s'est trompé de route ! Il s'est trompé de route ! s'exclame Max.

– C'est pas possible ! dit Hélène, stupéfaite.

– Oh si, ça l'est. On connaît mieux la route que lui.

– Je te ferai dire qu'on est des étrangers ici.

– Lui aussi.

– Peut-être pas.

– Ralf, combien de kilomètres ?

– On arrive à la vallée. Il va falloir encore rester sur cette route pendant dix kilomètres avant de couper pour rejoindre Back to Cookies.

– Parfait !

Max slalome encore entre les voitures, traversant des tunnels et sans croiser le moindre signe d'Éric. Il affiche un large sourire, incapable de se retenir. Ralf lui signale qu'il reste seulement deux kilomètres avant de devoir changer de route. Ils arrivent à un feu rouge. Max ralentit et arrête le 4x4, qui a les pneus fumants. Ils se trouvent à côté d'une petite voie ferrée, destinée au train des pignes qui relie la ville aux villages dans les hauteurs, Nice étant une ville côtière où la mer et la montagne se rencontrent.

– Pourquoi tu t'arrêtes ? demande Hélène, surprise.

– C'est rouge !

– Tu crois qu'on a le temps de respecter le Code de la route ? Personne ne nous poursuit… enfin, sauf Éric, qui fonce droit sur nous là.

– Quoi ? demande Hélène, affolée.

Max, ne réalisant pas ce qu'il vient de dire, passe la première. À ce moment précis, le 4x4 d'Éric percute violemment celui de Max, qui fait un tonneau avant de s'écraser sur le toit, en plein sur la voie ferrée.

– Mais pourquoi tu t'es arrêté à un feu rouge ?! s'écrie Hélène.

– D'accord, j'ai mal géré, avoue Max.

– Ah ouais, tu crois ?! Commence pas !

– Euh… je crois que le train arrive, lance Ralf.

Hélène et Max regardent à travers le pare-brise. Ils réagissent instantanément, ouvrent leurs portières et sortent du 4x4, suivis de près par Ralf. À l'instant suivant, le train emporte le véhicule, qui se coupe en deux. Max regarde la carcasse du 4x4, les yeux embués de larmes. Hélène le rejoint.

– Tu plaisantes, tu vas pleurer pour un 4x4 volé ?

– Je suis mécanicien, Hélène, et perdre un véhicule, c'est toujours un moment difficile.

– Je rêve !

Elle passe les barrières de sécurité et rejoint la route, où Éric est toujours dans son 4x4 avec Vic. Il ouvre la vitre et passe sa tête par l'ouverture.

– Vous avez été difficiles à arrêter, mais je dois reconnaître que vous vous êtes bien battus. Toutefois,

Noël cette année n'aura pas lieu. Peut-être jamais, si le père Noël ne s'en remet pas, leur lance Éric, fier de lui.

— Tu parles de ton frère, tu en es conscient ? demande Hélène, attristée.

— On n'a pas eu la même enfance, ma douce Hélène. Amusez-vous bien sur le chemin du retour. Pour ma part, direction Back to Cookies pour m'assurer que rien n'arrive avant Noël.

Il rentre la tête, fait un clin d'œil à Max qui vient de rejoindre Hélène, puis part en direction de la ville.

— Ralf, on est à combien de kilomètres ? demande Max.

— Moins de 10, mais pour ça, il va falloir couper par les collines.

— Bien, alors coupons.

— Il va arriver avant nous, lance Hélène.

— Et alors ? Noël n'est pas mort, et je refuse que ce soit le cas. En tout cas, pas à cause d'un grand frère aigri et jaloux. Des millions d'enfants ne doivent pas en payer le prix. Direction Back to Cookies ! On est trop proches du but pour abandonner, bien au contraire.

Une moto s'approche d'eux en klaxonnant vivement.

— La route n'est pas faite pour les piétons, je vous ferai dire ! lance le motard en colère.

Max se tourne doucement vers lui.

— Comment ?

— En plus t'es sourd !

— Non, du tout.

Max attrape l'homme par le cou et, d'un geste, le propulse à travers les arbres qui bordent la route.

– On a un moyen de transport ! lance Max, tout fier.

Hélène le dévisage, secouant la tête.

– Le narrateur a bien précisé qu'aucune personne n'a été blessée lors de l'écriture de cette histoire, n'est-ce pas ?

– Je confirme ! dis-je .

– Bien alors, en route !

Max remet la moto droite, Hélène monte derrière lui et Ralf grimpe sur elle.

– On est un peu à l'étroit, quand même, lance Hélène.

– Serre les fesses, et tout ira bien ! enchaîne Max, avec un sourire.

Il remet ses lunettes de soleil, passe la première et, grâce à son pied, démarre en trombe, direction les collines.

L'heure de vérité

Éric gare son 4x4 devant la boutique Back to Cookies. Il en sort, suivi de près par Vic. Un banc se trouve juste devant l'enseigne, et ils s'y installent, observant les environs.

— Plus que quelques heures avant le 24 décembre Vic, et ce sera le moment tant attendu, mon ami. Une année sans Noël, sans joie, sans cadeaux… Ça va être le paradis sur terre. Plus rien ne pourra entraver notre objectif.

À peine a-t-il fini sa phrase qu'un énorme dérapage retentit devant la boutique. Éric se retourne et voit Ralf sauter de la moto, suivi d'Hélène et Max qui la laissent tomber au sol.

— Hélène ! lance Max, déterminé.

— Oui !

— Récupère les cookies !

Elle se précipite dans la boutique, tandis que Vic tente de l'arrêter. Mais Ralf l'attrape par le cou et le fait tomber au sol. Éric s'approche alors de Max.

— Tu crois qu'une porte va m'arrêter ? demande Éric avec un léger sourire.

Il enlève les lunettes de soleil de Max et les écrase violemment sur le sol. Puis, il se dirige vers la boutique, mais Max le saisit par le bras.

– Comme dirait un acteur des années 80 que je considère comme mon idole, tu viens de commettre une erreur monumentale.

– Quoi ?

Max le saisit par le cou et le propulse avec force contre son 4x4. Éric s'encastre dans la portière.

Hélène entre précipitamment dans la boutique et ferme rapidement la porte derrière elle, verrouillant l'entrée pour empêcher quiconque de pénétrer.

– Puis-je vous aider ? demande Olivia, l'une des gérantes de Back to Cookies.

– Oh oui ! répond Hélène en se retournant. Il me faut vos cookies.

– Bien sûr, combien en voulez-vous et quels parfums ?

– Euh…

Hélène regarde la vitrine. Le choix est vaste, et elle hésite. Elle ne sait pas si elle doit en choisir un en particulier ou si tous peuvent servir de remède au poison qu'on a injecté au père Noël.

– Euh…

– Souhaitez-vous une boîte avec tous les parfums ?

– Oui, voilà, c'est ça ! lance Hélène, soulagée d'avoir trouvé une solution. Une boîte avec tous les parfums.

– Très bien, cela sera rapide, nous en préparons spécialement pour ce genre de demande.

– Merci beaucoup !

Olivia met un ruban sur la boîte et la remet à Hélène, qui règle la somme. Elle se retourne alors et voit que la bagarre continue à l'extérieur. Elle retire le verrou de la porte.

— Vous êtes sûre que tout va bien ? demande Olivia, inquiète.

— Oh oui, grâce à vous et à ce que j'ai entre les mains, il ne nous reste plus qu'à retourner au pays du père Noël !

Hélène ouvre la porte et se précipite sur la gauche pour éviter la bagarre. Elle descend du trottoir, mais trébuche et tombe lourdement, lâchant la boîte qui glisse sur la route. Elle regarde en direction de ses pieds et s'aperçoit que Vic venait de la faire tomber. Il lui passe devant et pose ses pattes sur la boîte.

— Non ! hurle-t-elle.

Max et Éric cessent de se battre, tandis que Ralf essaie de reprendre son souffle.

— Non, Vic, ne fais pas ça ! dit Hélène, d'une voix plus calme.

— Vas-y, mon chien, écrase-les ! lui crie Éric.

— Non, n'oublie pas d'où tu viens mon vieil ami, réplique Ralf en reprenant enfin sa respiration.

Vic fixe Éric du regard.

— Ne l'écoute pas, détruis ces cookies ! lui ordonne Éric.

— Je… commence Vic.

— Vas-y, parle Vic, dit Ralf. Tu es comme moi, tu es magique. Tu sais parler, mais c'est à cause d'Éric que tu ne le fais plus, parce que tu es malheureux. Mais tu es comme moi.

Vic dévisage Ralf, une larme coulant sur son museau.

— Tu étais le chien du père Noël à l'origine, mais il t'a donné à Éric pour que tu puisses le rendre plus heureux, et ça n'a pas eu l'effet escompté. Tu as toujours été là pour le bien du père Noël, et aujourd'hui, il a besoin de toi.

— Ne l'écoute pas, Vic. Détruis-moi ces cookies ! hurle Éric.

Éric s'approche de son chien, mais Max lui attrape le bras droit et le plaque contre lui.

— Tu ne passeras pas, Éric !

— Mais ce que dit Ralf est faux !

— Tu sais très bien que c'est vrai. Vic appartient à toute la famille, pas seulement à toi !

— Non, c'est mon chien.

Vic regarde son maître puis fixe Ralf, terrifié.

— Le Père Noël me manque… dit-il.

Hélène sourit, les larmes aux yeux.

— Et tu lui manques aussi, Vic ! Tu as la vitesse, alors que moi, c'est le sens de l'orientation. Et là, l'heure est grave. On a besoin de ta rapidité pour que ces cookies arrivent à temps chez le père Noël, lui explique Ralf.

— Il ne me laissera jamais entrer dans la ferme à nouveau.

— Éric n'est pas le bienvenu, mais pas toi Vic. Fonce ! N'oublie pas qui tu es !

— Non, Vic, tu es à moi ! hurle Éric.

Max lui assène un puissant coup de tête qui le fait s'effondrer, inconscient.

— Vic, fonce ! Le temps nous est compté ! ordonne Max.

Vic les observe tous les trois, ses pattes arrière remuant d'impatience.

– C'est toujours en toi, Vic ! Ne te retourne pas.

Vic acquiesce, inquiet. Il saisit la boîte avec sa gueule, se tourne doucement, ferme les yeux, puis les ouvre d'un coup sec avant de s'élancer à toute vitesse. Le sol vibre sous ses pas, et des marques apparaissent sur le bitume, accompagnées de fumée. Max lève les sourcils et tombe au sol, épuisé. Ralf s'allonge en haletant, tandis qu'Hélène s'affale sur la route et commence à sourire.

– Je crois qu'on a réussi, les gars, dit-elle.

– Oui, mais je ne suis pas prêt à recommencer chaque année, répond Ralf.

– Pareil ! conclut Hélène.

Fidélité

Vic franchit les frontières à une vitesse folle, courant sans relâche jusqu'à arriver en Finlande à vingt-deux heures. Il lui reste deux heures avant que Noël ne soit gâché. Il continue son chemin, jusqu'à atteindre le pays du père Noël, et bien qu'épuisé, il ne s'arrête pas. La neige tombe toujours, mais le vent s'est calmé. Vic arrive finalement devant la ferme du père Noël. Il frappe à la porte, dépose la boîte au pied, puis s'écroule de fatigue. Salma ouvre la porte et tombe sur Vic. Surprise, elle remarque la boîte avec l'inscription « Back to Cookies ».

– Oh, Vic ! C'est ce que le père Noël doit manger pour retrouver des force ?.

– Oui...

– Tu es sûr ? Tu ne me caches rien ? Éric est là ?

– Non, Salma, je suis seul. Ce sont bien les cookies magiques de Back to Cookies.

– Les cookies de Back to Cookies, la légende, tu veux dire ?

– Oui, ceux-là. C'est Hélène qui me les a donnés.

– Parfait, Vic !

Salma récupère la boîte de cookies et fait entrer Vic. Elle le laisse près du feu et court vers la chambre du père Noël. Vic commence à se réchauffer tout en observant les rennes qui le dévisagent.

— Salut les gars, dit Vic timidement.

Salma ouvre la porte de la chambre et réveille doucement le père Noël. Elle défait le ruban, prend un cookie de la boîte et le donne au père Noël. Il croque dedans, les yeux encore à moitié fermés. Lorsqu'il les ouvre soudainement.

Vic, réchauffé, se relève lentement et s'avance un peu pour écouter. Les rennes ont tous la tête tournée vers la chambre jusqu'à ce que…

— HO HO HO ! lance le père Noël en sortant de sa chambre.

Vic sourit en le voyant, tout sourire et en parfaite santé. Le père Noël descend les marches et se dirige vers lui pour lui caresser la tête.

— Mon beau Vic, tu m'as sauvé la vie. Tu as sauvé Noël, mon grand.

— Mais j'ai failli le détruire, père Noël.

— Ce n'est pas grave. L'essentiel, c'est ce qu'on répare, pas ce qu'on détruit.

— Mais…

— Mon beau Vic, n'oublie pas qui tu es. Tu es le chien de la famille, ni d'Éric, ni de moi. Tu viens de le prouver.

Vic, ému, fond en larmes. Le père Noël le prend dans ses bras.

— Mais je n'étais pas seul.

— Je sais, Hélène, Ralf et Max méritent aussi des remerciements. Où sont-ils d'ailleurs ?

– Ils sont restés en France, épuisés par ce qu'Éric et moi leur avons fait.

– Je comprends. Ne te reproche rien, mon beau Vic.

– Je ne sais pas si j'en suis capable.

– Bien sûr que si ! Tu es arrivé jusqu'ici, tu as fait le bon choix. J'ai confiance en toi.

Le père Noël se redresse et regarde ses rennes.

– Nous avons de la joie et de l'amour à partager, mes chers enfants. Ne perdons pas de temps, les filles !

Il se dirige vers le fond de la ferme, où l'on distingue un magnifique traîneau en or massif, orné de lumières scintillantes. Salma s'approche de Vic et lui tend un cookie.

– Je ne sais pas si c'est vraiment bon pour les animaux, dit Vic.

– Ils sont merveilleux et guérissent tellement de maux, Vic… Goûte au moins.

Vic prend le cookie dans sa gueule, en mange un morceau, puis relève la tête lentement. Ses larmes disparaissent et il se sent soudainement léger et serein.

– Waouh ! La légende est vraie, les cookies de Back to Cookies sont magiques !

Papillon dans le ventre

Ralf, Hélène et Max sont assis sur le banc devant la boutique « Back to Cookies ». Des lutins embarquent Éric dans un camion tout blanc, marqué en noir « Vidange ». Ils saluent Max, qui leur rend leur salut, avant que le camion ne s'éloigne. Max s'apprête à dire quelque chose lorsque des clochettes se font entendre dans le ciel. Ils lèvent tous les yeux et aperçoivent le père Noël sur son traîneau. Les trois échangent un regard souriant.

— On a sauvé Noël ! lance Hélène.

— On a sauvé Noël ! enchaîne Max.

Ralf s'affale sur le banc et pose sa tête sur les cuisses d'Hélène, tandis que Max est assis à l'autre bout.

— On est les meilleurs, mais personne ne le saura, dit Ralf.

— On a un narrateur ! Il est là pour ça, et j'espère qu'il va se dépêcher de raconter notre histoire pour que tout le monde sache que c'est nous et les cookies de Back to Cookies qui avons sauvé Noël, rétorque Hélène.

— Je fais au plus vite, mais il reste une dernière chose à faire ! dis-je.

— Alors, dépêche-toi ! enchaîne Hélène.

Elodie et Olivia, les deux gérantes de Back to Cookies, s'approchent d'eux.

– Ça vous dirait de goûter un cookie qu'on a fait spécialement pour Noël ? demande Elodie.

– Plutôt deux fois qu'une ! répond Max.

Hélène prend le premier cookie, suivi de Max. Ils croquent dedans et échangent un regard surpris. Puis, ils fixent le cookie qu'ils viennent de goûter.

– Alors ? demande Olivia.

– Honneur aux dames, dit Max.

– Je dirais qu'il… comment bien l'exprimer…

– Il donne des papillons dans le ventre, lance Max sans réfléchir.

Hélène le regarde amoureusement.

– C'est exactement ça, des papillons dans le ventre.

– Alors, c'est parfait ! s'exclame Elodie.

Elodie et Olivia retournent à leur boutique. Max finit son cookie tandis qu'Hélène n'a qu'un morceau restant.

– J'ai envie de t'embrasser ! dit spontanément Hélène.

– Oh, moi aussi, ces cookies sont complètement magiques, c'est fou !

– Alors, pourquoi attendre ?

– Juste une chose avant…

– Laquelle ?

Max lui sourit en s'approchant d'elle. Hélène tend ses lèvres et ferme les yeux, mais avant qu'il ne l'embrasse, Max lui vole le dernier morceau de son cookie et l'avale d'un coup. Elle ouvre brusquement les yeux.

– Oh, espèce de…

Un morceau de scotch se dépose soudainement sur sa bouche.

Le partage de cookies de Back to Cookies est
totalement interdit pour la santé !

Joyeux Noël à tous !

ALL WE NEED IS COOKIES
Back to Cookies